물들어가는
인생 꽃

박미향 제2시집

시음사
시사랑음악사랑

시인의 말

시인의 길 10년이다.

10년이면 강산이 두 번 변하고 무서운 세상,
살아가는 것조차 버거운 짐
그래도 살아지는 게 인생이고 삶이다.

우여곡절에 시간 헛되지 않게 보내려 애를 썼다.
서민들의 입씨름에서 벗어나지 못한 채
동그라미 그림자 따라 흘러온 세월
이젠 누구도 부럽지 않다.

나만의 세계 속에 물들어 가는 시가 있기에
산 그림자 따라 떠돌이 인생
그냥 편하게 독자 마음에 담기는
한 편의 시가 되어 주기를 바랄 뿐이다.

시인 **박미향**

* 목차

1부

가족 ·······················12

구절초 ·····················13

능소화 ·····················14

사월에 ·····················15

능이 ·······················16

쑥 ·························17

밤꽃 ·······················18

까치버섯 ····················19

천마 ·······················20

구름과자 ····················21

그림자 ·····················22

무릎 ·······················23

이팝나무 ····················24

만추 ·······················25

영초 ·······················26

핑크뮬리 ····················27

대보름 달맞이 ·················28

선유도 ·····················29

이태원 참사 ··················30

단풍 ·······················31

비수구미 ····················32

2부

산행 ·····································36

사량도 ·································37

산속의 영물 ·······················38

문우의 정 ···························39

산야초 ·······························40

손님 ·································41

잡동사니 ····························42

한 마리 새 ··························43

비 오는 날의 수채화 ···············44

유월에 ·······························45

101주년 삼일절 ·····················46

장안산 ·······························47

보춘화 ·······························48

여름 ·································49

장미 ·································50

8월의 그리움 ························51

마이산 ·······························52

소주 ·································53

입춘대길 ····························54

함백산 ·······························55

나들이 ·······························56

내로남불 ····························57

신발 ·································58

단비 ·································59

길 ···································60

＊ 목차

3부

가을 ······························64

은행나무 ·························65

선운사 가을 ·····················66

여선재 ···························67

시월의 마지막 밤 ···············68

곰배령 ···························70

한가위 명절 ·····················71

물들어가는 삶 ···················72

배신 ·····························74

동짓날 ···························75

하루 ·····························76

실업자 ···························77

비 ·······························78

환상의 숲 ·······················79

세월 ·····························80

시인 ·····························81

씨름 ·····························82

벚나무 ···························83

변신은 무죄 ·····················84

축제 ·····························85

수리산 ···························86

4부

마스크 시대 ·······················90

높은음자리 ·······················91

물왕저수지 ·······················92

태풍 ·······················93

진달래 ·······················94

대한민국 ·······················95

바보상자 ·······················96

인생길 ·······················97

두물머리 ·······················98

라떼는 말이야 ·······················99

만약에 ·······················100

삶의 갈림길에서 ·······················101

바이러스 ·······················102

어떻게를 믿지 마라 ·······················103

3월 ·······················104

댄스 ·······················105

맷돌 ·······················106

황금 소나무 ·······················108

여백 ·······················109

인생 꽃 ·······················110

상상 속 시 낭송 ·······················111

전율 ·······················112

* 목차

5부

고사리 116

봄의 왈츠 117

봄 118

꽃 119

백일홍 120

왕자님 121

물놀이 122

잠자는 공주 123

버섯 124

첫돌 125

개구리참외 126

QR코드 스마트폰으로 QR 코드를 스캔하면
시낭송을 감상할 수 있습니다

 본문
시낭송
감상하기

 제목 : 가족
시낭송 : 박영애

 제목 : 쑥
시낭송 : 박영애

 제목 : 이팝나무
시낭송 : 박영애

 제목 : 손님
시낭송 : 박영애

 제목 : 보춘화
시낭송 : 박영애

 제목 : 물들어가는 삶
시낭송 : 박영애

 제목 : 동짓날
시낭송 : 박영애

 제목 : 벚나무
시낭송 : 박영애

 제목 : 마스크 시대
시낭송 : 박영애

 제목 : 인생 꽃
시낭송 : 박영애

 본문 시낭송 모음

영상은 YouTube 정책 또는 운영 관리에 따라 삭제될 수도 있습니다.

시인은 자연을 이야기하고 시낭송가는 자연을 품었다
글자는 날개를 달아 언어로 날고 소리는 자연에 눕는다

1부

가족

보이지 않는 믿음 고리
두 손을 맞잡고 있는 동안
눈에 보이지 않아도
사랑의 밀어 속삭이지 않아도
마음 한 자락 넉넉한 그림자로 깔아두면
때론
아옹다옹 투덜거림도 그리워지는 법
서로의 발자국 찾아 밟고 가다 보면
소리 없이 읽히는 땀내 절은 등짝
가족을 위해 헌신과 공양하는 순간
두려움보다 한아름 넘치는 행복.

제목 : 가족
시낭송 : 박영애
스마트폰으로 QR 코드를 스캔
시낭송을 감상할 수 있습니다

구절초

철없던 시절의 그리움
동네 한 바퀴 돌며
하얀 꽃으로 왕관을 만들어
머리에 쓰고 놀던 시절
이제 어디에서 찾을까

산 귀퉁이 새초롬하게 핀 널
애처로워 쳐다볼 수가 없구나
어머니 생각에 피멍 든 가슴
꿈속에서 부르다 잠이 든다.

능소화

하늘 높이 흘러가는 그리움
빨간 입술 가득 안고

사랑 찾아 헤매는
고추잠자리 날갯짓

떨어지는 꽃잎 위에
짓밟히는 아쉬움

가신 님 그리워 담장 넘어
살며시 고개 내민다.

사월에

꽃 속에 숨었다
아기씨 꽃나무로 알던 꽃
어른이 되니 명자꽃이란다

엄마 뒤에 숨어서 피는 아기
엄마의 품이 그립던 아이
누가 볼 새라 이파리에 숨어
빨간 눈물 흘리며 핀다

엄마의 향기가 날아온다
4월에 피는 엄마 닮은 꽃
엄마가 그리운 날이면
명자꽃이 보고 싶다.

능이

널 만나려고 기다리는 세월
연중행사지만 일 년에 딱 한 달이다
그리움과 안타까움이 얄궂은 운명
하늘과 비바람이 적당해야 한다

만남의 순간이 눈앞에 아른거리며
넘쳐도 안 되고 과해도 안되는
널 만나는 순간은 일생에 큰 행복이다.

쑥

꽁꽁 언 땅을 바람결에 헤집고 나온 새싹
입맛이 까다로운 따뜻한 봄날
향기로운 너의 맛이 그리워 찾아 나섰다

돌 틈 옆에 비집고 앉은 널
한 소쿠리 낚아채
펄펄 끓는 가마솥에 살짝 데쳐
구수한 된장을 풀어
시원한 국을 끓여 뱃속에 한 사발
가득 부어 속을 채웠다

입맛이 없을 때는 너의 향기가 그립다
쫄깃한 찹쌀가루와 반죽을 하여
개떡을 만들어 마을 잔치에 시집도 보내고
너의 향기를 온몸으로 느껴 본다.

제목 : 쑥
시낭송 : 박영애
스마트폰으로 QR 코드를 스캔하면
시낭송을 감상할 수 있습니다

17

밤꽃

내비게이션을 안주 삼아 조잘조잘
묵은 찌꺼기 다 꺼낸다

소주 마시며 다리 부러진 이야기
약초 산행에 푹 빠진 이야기
상큼한 살구나무 아래 서서
동심의 나래 어깨가 으쓱 들썩인다

시 낭송의 정겨운 음률
공주 밤꽃의 향기 흘러
사방에 널브러진 함성
사타구니 속의 퀴퀴함까지 달려든다

그리움 한 자락 담으려
몸을 실어 달려 본 하루
내 나이가 어때서 노래 속으로 빠져
아홉 공주 사랑 꽃이 피었다.

까치버섯

당신이 남기고 간 자리
행복과 슬픔이 가득했지만
그리움도 미련을 잡고 눌러앉았다

산꼭대기 올라
구석구석 서성이며
까만색의 모습만 보아도
가슴이 두근두근이다

어디에도 당신은 안 보이지만
행여나 하는 마음이 도리도리
후회보다 한 조각 희망을 세워 본다

욕심은 하늘을 찌르지만
당신이 내어준 만큼만 취하여
가슴 가득 안고 돌아서니
더 많은 것을 주셨다.

천마

고고한 인생이란다
거느리는 이파리 없이 꼿꼿하게
우뚝 서서 천하를 호령하는 봄
만병의 근원이 여기에 녹는다
꽃피고 지는 아름다운 자태다

엄마 생각나는 그날이 아쉬워
그때 널 알았더라면 하는 마음
힘없이 살며 고생만 하신 인생
어머니 생각하며 눈시울 적신다.

구름과자

허공을 바라보다 나오는 신음
빈 가슴 채우는 마음
곰곰이 되새김질하며 추억 그린다

옹이가 무뎌져 녹아내릴 듯
흘러가는 세월 거슬릴 수 없듯이
마음 한쪽 접어 두고
하늘 한번 쳐다보며
폐부 깊숙이 쑤욱
깊은숨 들이쉰다.

그림자

느림의 미학으로 출발선에 요 땅
기다려도 오지 않을 임이여
둘레둘레 걸어가는 초연의 힘
뒷담화 들으며 산행길에 들어선 여심
날마다 무슨 이야기가 그리 많을까
요즘은 여자 남자 모두가 이야기꾼
네 인생 내 인생 듣고 나면 모두 같은 파트너다

그림자 따라 지나는 세월
홀로 산행도 멋진 하루
산에서 만난 여자 넷이 정겹다
같은 또래의 시간이 어우러져
낙지찜과 탕탕이 꿈틀거리며
허기진 뱃속에서 춤을 춘다.

무릎

사람이 살면서
몸의 중요하지 않은 곳이 없듯
오를 때나 내릴 때 모두
무릎이 없었다면 얼마나 힘들까

인생도 마찬가지
엎드리고 구부려야만
평탄한 인생을 살 수 있고
감사하는 마음이라야 편하게 산다

때론 아부도 비벼가야 하지만
구부리지 않고 살아갈 희망이 없고
언제 어디서든 구부려 가며 사는 게 인생이다.

이팝나무

주먹밥 얹어 놓은 듯
소복하게 피어나는 하얀 꽃
쌀밥을 닮아서 좋아하던 꽃

장미꽃의 화려함보다
바라만 보아도 가슴이 찡하는
배부름을 채워 주던 하얀 꽃

오월이면 찾아와 눈웃음 짓는 꽃
어린 시절 아버지 밥상을 떠올리며
어머니가 지어 주는 하얀 쌀밥이 먹고 싶다.

제목 : 이팝나무
시낭송 : 박영애
스마트폰으로 QR 코드를 스
시낭송을 감상할 수 있습니다

만추

서산에 지는 붉은 노을
보면 볼수록 가슴 설레고

안으면 안을수록 그립다
사랑이란 야리꾸리한 기교다.

영초

보기만 해도 힘이 불끈
온몸에 퍼지는 향기
달아오르는 혈기
넌 내 마음의 보석

핑크뮬리

가을이 저물어 가는 시간
바람에 뒤질세라 하늘거린다
만지면 터질 것 같은 가슴
꽃봉오리도 아닌데 설렘 가득
추억이 맴도는 바람의 언덕
어느새 내 곁에 앉아 미소 짓는다.

대보름 달맞이

달아 달아 밝은 달아
어릴 적 작은 소원을 빌어
컴컴한 밤하늘에 매달려 본다

선생님 되게 해주세요
의사 되고 싶어요
아빠하고 결혼할 거야

해가 바뀌면 텅 빈 하늘에 대고
난 무엇이 될 거예요 하면서 빌던
달맞이 놀이가 재미있었다

요즘 아이들은 이 멋진 풍습을 모른다
달이 가는지 해가 가는지
오로지 휴대전화에 매달려 가는 세상
밥을 먹을 때도 핸드폰 속에 묻혀서 먹는다

큰아이 작은아이도 눈만 뜨면 달라고
이리 찾고 저리 찾고 온 집안을 어질러 놓는다.

선유도

군산의 명물 단지
섬들이 옹기종기 모여 앉자
날마다 통통배 기웃거린다

수평선 넘어 들어오는 고깃배
서편에 해 질 무렵이면
갖가지 고기들 넘실넘실 춤추듯 달린다

부둣가에 넘치는 만능 사랑꾼
여행객 사로잡을 시선들
여기저기 기웃거리다 보면
어느새 양손 가득 채워지는 보물이다.

이태원 참사

꽃으로 피기까지 아직 멀었는데
젊은 청춘이 무너져 가슴 시린 날
무엇을 해야 하는 것조차 숨죽인다

핼러윈의 정체성이 무엇인지
먹고 즐기는 청년들의 놀이터
수많은 인파 속에 무너진 고통
되뇔 수 없는 시간 지나
두고두고 원망의 눈초리 어디
참을 수 없는 시련의 늪이다

피우지 못한 청춘아
묻혀야 한다면 어쩔 수 없구나
인생 한번 왔다 가는 것
죽음을 피할 수 없어
한발 먼저 떠나니
부모는 가슴앓이한다.

단풍

나이 육십이 넘어가니
세월이 무성해
머리도 하얗게 물들어 간다

고운 모습 보이지 않고
주름살 늘어 할머니 되니
늙어가는 길목에 서성이며
지난 시간 돌아보니
그리움만 쌓인다

가을이 익어가는 모습처럼
곱게 아름답게 살아가는
인생이 되고 싶다.

비수구미

부푼 설렘으로 멀어진 기억
한발 두발 다가서는 그리움
18세 소녀도 아닌데 가슴이 뭉클하다

오래전의 기억들이
스멀대는 길 위에 질주한다
장맛비가 휩쓸고 간 자리
아, 이를 어째 송두리째 빼앗겼다

임 향한 일편단심 민들레
평화의 댐에 안주한다

가까운 거리에 북한이란 땅
동포애를 느끼는 하루
빗속을 거닐며 고향도 못 가고
소천하신 아버지의 모습이 그립다

언제 가려는지 먼 기약을
묻고 돌아서는 하루
고향 산천 두고 오신 어머니
두 분 생전에 마음이 새롭게
마음 깊숙이 파고든다.

오월이면 찾아와 눈웃음 짓는 꽃
어린 시절 아버지 밥상을 떠올리며
어머니가 지어 주는 하얀 쌀밥이 먹고 싶다.

2부

산행

어느 구석으로 발길을 돌려 볼까
마음 가는 대로 발걸음 닫는 데로
구석구석 세세히 살펴보니
내 것이 아니면 탐하지 말라
교훈이 실감이 나는 하루다

그날의 운도 아니고 행운도 아닌
내 것이 되려면 보이는 게 산삼이지
모든 교감 아래 멋진 산삼 한 뿌리 귀하게 모신 날
온몸을 타고 흐른 땀방울도 좋다

방울처럼 동그랗게 생긴 모습
산속을 헤매다 모신 기쁨
귀한 산삼 한 뿌리에 하루가 즐거워
막걸리 한 사발에 삼 잎을 담가
멋진 추억을 삼킨다.

사량도

추억이 물든 남쪽
지리산 칼바위 가메봉 옥녀봉
20년 전에 멋모르고 산행하던 추억
철없던 시절 가슴을 후빈다

이슬비 맞던 사량도 지리 망산
발목이 삐끗해 퉁퉁 부어서도 완주
그 시절엔 자연이 숨 쉬고 있었는데
지금은 말끔하게 계단을 만들었고
같은 길을 걸으며 추억을 찾는다

기웃기웃 5시간의 여정이 스멀대고
직벽의 그리움도 사람들 발자취
뾰족바위도 무뎌진 세월
통통 뱃길을 가로질러
또 한 번의 추억 여행이
기억 저편에 사무칠 것이다.

산속의 영물

험한 산속
아무리 헤매어도 묵묵부답
신령님 전 두 손 모아 치성 드리고
신발 끈 동여매고 이슬을 헤쳐간다

푹푹 찌는 여름 볕
이산 저산 땀범벅 되도록
헤매며 누비고 다녀도
눈길 한번 주지 않으시는 영물
마음 비우고 이리저리 눈길 아프다

삼구 오엽 빨간 입술
풀숲에 숨어 눈치 보던 절개
가슴 벅차 단번에 외치는 소리
'심 봤다'
산속의 영물을 모셔온 기쁨의 하루
자연의 위대함에 큰절 올린다.

문우의 정

누가 그랬다. 묵은 것이 좋다고
삶의 인생길도 그렇고
들녘의 벼들도 고개를 숙이며 익어가는데
유독 못된 사람은 익어가지 못하고
철이 없는 사람들이 너무 많다

묵은 김치만 보아도 그렇지
맛이 없어도 오래 묵으면 진한 맛
누구든 맛으로 평가할 수는 없지
오랜 세월 살아가는 삶의 정
묵어야 제맛이 난다

오래도록 연륜을 휘감고
끈끈한 정으로 서로 보듬어 가며
시인이란 단어를 앞에 묶어 두고
정으로 남기를 바라는 마음이다.

산야초

새벽이슬 맞으며 산등성이 넘어
봉긋하게 떠오른 햇살
진흙 속의 진주를 찾아서
아침 햇살 바라보며 산으로 달린다

산이 늘 거기에 있어
사는 맛을 느끼는 여자
모든 약초가 제 것인 양
하수오, 산삼, 도라지, 더덕
주말이면 꼭 산으로 간다

스릴 넘치는 하루에 발길 던지며
달빛도 친구 삼아
낮이나 밤이나 아랑곳하지 않고
야생에 취해 버린 젊은 날
하루하루가 행복이고 멋이로다.

손님

기약도 없이 퍼붓는 소나기
모든 사물이 아우성친다

물난리에 집이 무너지고
나무가 송두리째 뽑히고 부러져
지붕이 춤을 춘다

해마다 찾아오는 장맛비
마음 둘 곳 잃어버린 아이처럼
어김없이 돌아와 마음 휘젓는다

지나간 추억 속에 머무는 그리움
다가올 추억도 애써 감추며
피하고 싶은 욕망 솟구쳐
마음 한 귀퉁이 몸을 숨긴다.

제목 : 손님
시낭송 : 박영애
스마트폰으로 QR 코드를 스캔하면
시낭송을 감상할 수 있습니다

잡동사니

아무 곳에 모두 끼워 두고
필요할 때 꺼내 본다

꼭 필요하면 보이지 않아도
언제 어디서든 아쉽다

가두기는 싫고 제멋대로 두고
자유로운 인생이 되고 싶다고
허우적댄다.

한 마리 새

산등성이 호젓한 길목에
사뿐히 걸터앉아
잔잔한 호수를 바라보며
인생의 굴곡이야 새옹지마
떠도는 방랑길 오랜 세월
이젠 편하게 뱃놀이하며
나머지 인생 채우고 싶다

요단강 바라보는 세월이
짧아지는구나
혼자 외로운 인생아
무엇을 바라며 한숨짓지 마라
세월 이기는 장사 없다더라
그냥 시간 가는 대로 살다 가잔다.

비 오는 날의 수채화

낭랑 18세도 아닌데 가슴이 뛴다

빗속을 질주하는 버스
물안개 산으로 피어오른다

감성이 모인 예술가의 자리
너도, 나도 한 자락 깔고 논다

정지용 문학관과 생가
초가지붕이 정겹다

육영수 여사 생가
구수한 한옥의 멋이 흐른다

정감이 넘치는 하루
망설임 없이 뛰어드는 기질
예술가들의 잔치에 앙코르가 튄다.

유월에

싱그러운 잎이 가득한 유월이다

꽃피고 난 후 열매들의 합창
오디 한 주먹 입에 넣고
오물거리며 혀끝에 맴도는 향기
하얀 운무 날갯짓에 포로가 된다

애도의 숨결이 손짓하는 운명
칠십여 년의 세월에 묻혀 버린
영혼들의 발버둥 소리
이젠 잊고 싶은데 잊을 수가 없다

마음은 추억 속에 꿈틀거리며
유월을 잊지 말자 한다.

101주년 삼일절

백 년이 지났는데 코로나 웬 말이냐
대낮에도 마스크를 쓰고
여기저기 경기 침체에 눈시울 적셔
시련을 얼마나 주려고
태극기 휘날리며 달려오셨나요

독립운동 만세만큼 힘든 하루
나랏일을 위한 임들의 정신
코로나19로 하나 된 국민의 마음
세계가 하나 되는 그날처럼
대한 독립 만세 부르며
우린 또 이겨내겠습니다.

장안산

은빛 여울의 속삭임
가을 속으로 빠져든 하루
연인의 그리움 안고 묻힌다

가냘픈 날갯짓의 어울림
너와 나 한마음의 힘이다

억새의 가녀린 춤사위
덩달아 모두 더덩실
함께하는 시간의 절정
우리 모두 영원한 벗
추억으로 언제나 가득하리다.

보춘화

아름다운 모습
언제 보려나 기다렸네

새봄이 열리는 산골
보란 듯이 예쁘게 자랑하네

겨우내 움츠렸던 기지개 켜고
임 마중 나오셨네

순수한 마음 참으로 이뻐
나를 닮은 모습처럼 곱네

가녀린 모습으로 내민 봄
오늘이 다 가기 전에
활짝 웃어 주었네.

 제목 : 보춘화
시낭송 : 박영애
스마트폰으로 QR 코드를
시낭송을 감상할 수 있습니

여름

온다는 기별 없이
가슴에 꽃등을 달고 들어왔다

간다는 기별 없이
쓸쓸한 추억을 가지고 떠났다

땡볕 아래 맴도는 잠자리
등짝에 흘러내리는 향기
우리네 삶의 신호등이다.

장미

여왕은 아무나 되는 게 아냐
빨간 왕관을 써 본 적 있나
달덩이 닮은 정열이 불타오르지

어느 곳이든 들이대면
가시에 찔려 피가 나거든
가지고 노는 여왕이 아냐
5월에만 마음속 담아두고
두고두고 꺼내 보는 추억이지

흐르는 시간이 빠르면 빠를수록
나잇살만 늘어가는 이유
가는 시간 잡지 말고
오는 행복 놓치지 말고 잘 잡아
한 세상 살다 가자.

8월의 그리움

한차례 소나기 후려치는 시간
앞뒤 보이지 않는 암흑의 세계
소용돌이치는 정서
누구나 할 것 없이 혀를 차며 안타까운 시선이다

어디로 흘러가야 하나
세월의 뒤안길에 남 탓하기에 정신없는 사람들
나부터라는 마음은 온데간데없다

잡으려 해도 잡을 수 없는 시간
자꾸만 앞서가며 손짓하네
8월이 저만치 흘러가는 것처럼
가을이 온다는 입추에 몸을 숨겨 본다.

마이산

두 귀를 쫑긋 세우고
아미타불 염불에 마음 쉼하고
시원한 공기의 굴레를 벗어나
수련에 정진한다

마음이 정숙하면 깊이가 생기려나
아무리 기웃거려도 보이지 않아
잴 수 없는 시간의 허허로움이
마음 갈 곳 없다.

소주

아름다운 순간들이 처음처럼

한마음 되는 순간도 처음처럼

보듬고 안아주는 마음도 처음처럼

서먹하게 달려가도 반가이 맞아주는 마음도 처음처럼

한아름에 들어오는 사랑도 처음처럼

모든 삶의 체험도 처음처럼

순간순간 행복을 그리는
그림도 처음처럼

변하지 않는 시간
행복이 가득한 정도 처음처럼

깊이깊이 묻어가는
하루하루도 처음처럼.

입춘대길

겨우내 움츠렸던 골짜기
봄이 오는 소식에 고개를 갸우뚱
갖가지 꽃소식에 귀가 쫑긋
눈이 함박이다

산행에서 얻어온 도라지
얼었던 땅이 벌써 다 녹았다
겨울에만 즐기는 도라지 산행
봄이 오는 길목에 30여 뿌리
모셔 오니 마음 하늘을 날다.

함백산

그리운 모습 보고 싶어
십여 년 만에 오른 눈밭
당신은 그대로인데
이 객만 늙어 가누나

굽이굽이 사무치는 얼굴
하나둘 떠오르는 기억
세월 이기는 장사 없다지만
홀로이 늙어감에 추억만 가득

눈밭에 뒹굴어 가며 오른 정상
임은 어디 가고 비석만 우뚝 서 있네

그리운 임이여
꽃피는 봄날에
얼굴 한번 보여 주소.

나들이

마음을 비우며 그리움 가득 안고
삶의 테두리에 하루를 얹혀
소곤소곤 귀를 청소한다

수많은 사연이 춤을 추고
목구멍 깊숙이 허전한 속을 채우며
호강하는 입이 즐겁다

맛난 먹거리 눈요기로 차오른 배
꾸역꾸역 너무 들이부었나 보다

몸뚱이가 무거워 좌불안석
한바탕 웃음기 머금으며 산책
포토존 카메라에 모습도 가지가지다

하루 해가 저물어 가는 시간
붉은빛으로 물들어 가는 호수 공원
헤어짐이 아쉬워 다음을 노래한다.

내로남불

욕심의 끝은 어디까지일까
사촌이 땅을 사도 배 아픈 세상
혼자 잘 살면 그만인 것처럼
발버둥치며 사는 사람들
무엇이든 다 내 것이어야 한다

내가 하면 로맨스요
남이 하면 불륜이라 말하고
자존심 세계에 빠져 자랑이다

술에 취해 하는 말은 언제나 미궁
자고 나면 잊어버리는 쓸개 빠진 사람
힘든 삶의 연속, 상사의 괴롭힘
평화는 이렇게 멀어져 가는데
주위에서 늘 평화를 외치고 산다.

신발

긴 여운이 남아도는 하루
날마다 걸을 때도 불평이 없고
험하고 어렵고 힘들어도 말이 없다

기억 저편에 머문 시간
너덜대고 닳아빠진 창
너와의 사랑이 무너지는 순간
우린 불평만 했는데
너는 긴 세월 속에 남아 있는 그리움
추억조차도 가물거린다.

단비

대지를 적시는 하루
봄 가는 게 아쉬운가 보다
여름비도 아닌 것이 주룩주룩

목마르던 산과 들의 잎사귀 뿌리
땅 깊이 파고든 흥건한 내음
삶의 테두리 안에 녹아내린다.

길

등줄기 위로 흐르는 빗물
하얀 운무 속에 가려진 산하
깊은 수렁 밟으며 온 산을 휘저어 본다

어느 골짜기 들어섰나
앞이 캄캄하며
갈 길이 보이지 않아 헤맬 때
무서운 기운이 온몸을 감싸며
고요한 적막 속에 혼자가 되니
수없이 불러보는 이름 엄마

등성이 올라 사방을 둘러보니
빨간 지붕 아래 펼쳐진 마을
길 잃은 사슴처럼 넋 나간 모습
산삼은 보이지 않고
애꿎은 씀바귀 한 가방 담아
빗소리에 취해 본다.

흐르는 시간이 빠르면 빠를수록

나잇살만 늘어가는 이유

가는 시간 잡지 말고

오는 행복 놓치지 말고 잘 잡아

한 세상 살다 가자.

3부

가을

스스럼없이 다가온 당신
붉은 유혹으로 낚아채 가시렵니까
오색의 무지개로 업어 가시렵니까
어느 계절보다 이쁜 당신
매혹에 빠져 당신 품에 안기고 싶습니다

쓸쓸한 저녁 따뜻한 커피 한잔 들고
겨울이 오기 전 당신 모습이
눈물겹도록 아름다워 보입니다.

은행나무

가을 정취를 느낄 수 있는 유일한 잎
쓸쓸한 바람결에 날아다닌다

봄의 초록 기운이 핏기 없이 떨며
바닥에 뒹구는 모습이다

마음 쓸어내리듯 차가운 온기
가는 세월 잡을 수 없으니
안타까운 당신 모습만 애처롭다.

선운사 가을

송악의 푸르름에 젖어
파란 꽃무릇의 정결한 멋
오색 물결이 품에 안겨들었다

환호성의 메아리가 두 귀에 박혀
가슴 시린 추억의 소야곡
그대의 숨소리조차도 잊었던 시간
먼 훗날 그리움의 그대를 그린다

종소리 뒤에 울리는 동백의 고뇌
추억을 삼켜 버린 하루다.

여선재

푸른 들녘을 지나 조그만 샛길
긴가민가 집들이 사는 시골 풍경
아름다운 향이 나는 곳
꿈과 희망을 여미게 하는 마을
배롱나무 그늘에 힘든 몸을 내렸다

한가로운 마음이 꾸물거리며 들썩
종일토록 마음 설레게 하는 아늑한 집
웃음꽃이 찾아와 한자리 메운다

연잎에 가려진 정결한 맛
그리움이란 꽃으로 다가선 사랑 한 입
꿈꾸는 시간이 아름답다
자연 속에 마음 가둔 하루가 짧다.

시월의 마지막 밤

모두 아는 시월의 마지막 밤
예전 같으면 시끌벅적 난리 블루스
코로나19로 퍼질 만큼 퍼진 비말
젊은 혈기는 그래도 좋다고 블루스다

올해는 아름다운 시화전과 함께
젊은 층에 끼어 보자
시화전 행사에 몸을 기대어
도란도란 이야기보따리도 풀었다

네온사인의 별빛 같은 안개꽃 등
이리저리 포즈도 한창 멋 부리고
남부럽지 않은 시월의 마지막 밤
문우님들과 함께 취해 본다

술을 마셔야 취하는 것은 아니지만
시인이라면 시에 취하고
꽃에 취해 보고
사람들 인연의 정도 취해 보며
갖가지 마음 씀씀이도 취해 보았다

시원한 맥주 한 잔에 목을 축이며

지나온 인생 이야기꽃도

시월의 마지막 밤을

훨훨 털어 술잔에 담가 보았다.

곰배령

드라마에 빠지다

바람 소리 맑은 하늘 눈 덮인 산
사랑이 숨 쉬고 삶의 향기가 있다

사계절 신비로운 향기
봄 여름 가을 수많은 꽃
겨울엔 눈 덮인 아름다운 숲

사람들의 희로애락이 있고
아웅다웅 움켜쥐며 싸우는 삶
향긋한 그리움처럼 가슴에 묻힌다

추억 속에 사무친 그리움
눈물 글썽이면서 자꾸만 보게 된다

시골 냄새나는 그리움의 고향
인생을 생각하며 만들어 가는 삶
서로서로 보듬어 주고
아껴주는 마음 하나뿐이다.

한가위 명절

비말이 침투된다고 야단이네
아름답고 즐거운 시간을 어디에 찾나
가족이 모여 이야기보따리를 풀며
건강과 인생의 전환점을 보자

한바탕 웃음꽃이 필 시간
오가는 인파들의 푸념도 좋은데
시장을 보니 한산하기만 하네

2년여 동안 비말에 휩싸인 채
나들이 한번 못하고 지냈고
혼자 살 길이라 떠드는 매스컴
소모임조차도 허락이 아니 된다네

어려운 역경 언제 지나갈까
올가을 추석은 너무 쓸쓸해
세상 살아가는 길이 험하고 무섭구나.

물들어가는 삶

새순의 힘이 이렇게 큰 것일까
더운 여름 지나 태풍과 비바람 헤치고
어김없이 가을이 왔다

들에는 누런 곡식이 풍성하고
산에는 푸짐한 과일이 주렁주렁
알록달록 단풍이 물들면 하얀 겨울이다

세월의 무게는 얼마나 될까
많은 짐 머리에 이고 다니면서
날아가는 새들도 한아름 안겨주고
비바람 견디고 서 있는 나무도 주며
가볍게 조용히 떠나 보렴
세월이 얼마나 먼 길을 가야 하는지
너희는 모른다

백 년도 못 살면서
우리네 인생이 별것인가
빈손으로 왔다 빈손으로 가는데
왜 힘들게 살다 가려 하나

그냥 발 가는 데로

둥근 세상 살다 가자꾸나

척하지 말고 구수한 인생으로 살다가야 한다.

제목 : 물들어가는 삶
시낭송 : 박영애
스마트폰으로 QR 코드를 스캔하면
시낭송을 감상할 수 있습니다

배신

앞뒤 잴 수 없이 캄캄한 마음
분노가 치밀어 잠을 잘 수가 없다

믿는다는 것
믿고 싶은 마음
고스란히 도둑맞은 느낌
아무 죄 없이 당하는 기분
밀려오는 허무함에 빠진다

나는 아니겠지 믿지 마라
너는 아니겠지 자만하지 말고
한순간 엎질러진 물과 같다

방심의 그물에 걸려들었다
모든 것이 무너져 내리는 순간
그렇게 믿지 말아야 할 것이다.

동짓날

겨울의 깊이가 절정이고
팥죽 한 사발에
긴긴밤 부엉이 우는 소리 들으며
창문 밖을 연신 확인해도
여명은 물러날 기미 없이
깜깜하기만 하다

새해의 무탈을 기원하시던 어머니
행여 귀신이라도 붙을까
팥죽에 나이만큼 넣어 주신 새알심
부모 형제 모두 모여 웃음꽃 피고
우리 가족 행복한 잔칫날이다.

제목 : 동짓날
시낭송 : 박영애
스마트폰으로 QR 코드를 스캔하면
시낭송을 감상할 수 있습니다

하루

연꽃의 싱그러움에 빠진
까르륵 숨넘어가는 호박꽃
종류도 이상하게 생긴 것이 가지가지
이름도 색깔도 제멋대로 생겼다

아름다움이 함께하는 공존의 법칙
아메리카 향에 취해 버린 오후
꽃들의 반란에 흠뻑 젖어
연잎 위에 걸터앉아 힐링의 시간이 즐겁다.

실업자

허무한 일상의 시간
쉬면서 다음을 구상한다

쉽지 않은 일자리 구하기
맘에 들어도 상대는 싫고
상대편이 좋으면 내가 싫고
그림의 떡을 놓고 협상한다

하루하루 늘어나는 노동자
별별 일자리 많지만
내게 맡는 일이란 없다

세상에 맞추어가는 시대
21세기 새로운 삶이 몸부림친다.

비

초가집 처마 끝에 달리는 소리
또록또록 떨어지는 낙숫물
세모 네모 되어 길 위에 구르니
탁배기 한 잔에 부침개 한쪽이 그립다

어머님의 밥 짓는 아궁이 장작불
두런두런 잔소리도 정겹게 느끼며
방울방울 흘러내리는 너울도 그립고
멀리 들리는 개 짖는 소리
오늘따라 정겹다

외로운 마음탓일까
어머님 향기가 생각나는 하루
비 오는 날이 참 좋다.

환상의 숲

추억을 먹고 사는 동안
꿈나라에서 헤어 나오지 못했고
그리운 향수만 먹고살았다

훌쩍 지나 버린 시간 63년
지저귀는 참새만 봐도 까르륵까르륵
소꿉친구들과 나들이가 좋다

제주의 환상 숲에 이름 모를 향기
나무와 숲이 가득가득
땅속의 신비한 조화
멋대로 자란 숲들의 결정체다

한 발 한 발 묻어나는 그리운 향수
철없던 시간이 또 그립다.

세월

우린 언제 만나게 되는지
기약 없는 이별이 끝나지 않는다

코로나19는 참으로 얄궂은 운명
모든 일상을 뭉개버리고
소리 없이 최후까지 발악한다

대책은 거리 두기밖에 할 게 없고
날씨도 상관없이 예방주사 맞으며
이대로 살아야 한다

면역력 좋은 가시오가피, 산삼 먹으며
긴 병에 효자 없다는 말
절실하게 가슴을 후벼 파고 스민다.

시인

높고 낮음이 없이
어느 곳이든 님이 붙는다

앞뒤에 붙이는 파스도 아닌데
문턱이 높은 박사님
문지방도 못 넘은 국민
모두 바라지 않아도
님이 꼭 따라붙는다

모두가 대단하다고 하며
흉내도 못 낸다고 야단
배우지 못한 사연 담으려
시인이 되었다.

씨름

허리띠에 인생이 흔들리며
울고 웃는 날이 줄을 서고
상대를 무릎 굽혀야 사는 인생
우리네 인생도 마찬가지다

모 아니면 도
거꾸로 살든 세로로 살든
굴러가는 세월을 잘 붙잡아야 하고
줄 잘 서는 인생이 평화롭고 행복하고
줄을 잘 잡는 것은 본인의 몫이다

인생이 탄탄하게 굴러가려면
동화에 나오는 동아줄처럼
썩은 동아줄이 아닌
새 동아줄을 골라서 잘 잡아야 할 것이다.

벚나무

어릴 적 추억을 소환해 보자
굶주림에 허덕인 유년 시절
까맣게 익은 버찌를 먹으러
산으로 달린다

철없던 꼬맹이들 나무에 올라
나뭇가지 찢어지는 줄도 모르고
버찌에 목숨을 걸던 때
입술이 변하도록 따 먹었다

왜 그리 배가 고팠을까
보릿고개 넘던 시절
추억으로 맴돈다.

제목 : 벚나무
시낭송 : 박영애
스마트폰으로 QR 코드를 스캔하면
시낭송을 감상할 수 있습니다

변신은 무죄

바꾸어야 제맛이지
세대든 시대든 모든 것이 변해야 한다

꽃으로 태어나 나물로 변해
천상에서 화원을 만들고
무에서 신화를 창조한다

텃밭을 일구어 궁전을 만들고
이 풍진세상이라 한 많은 대동강
소중한 추억이 무지개로 변한다.

축제

한 폭의 그림으로 추억을
소환해도 좋으리
화려한 장식들이 분주하다

구경꾼의 신나는 웃음꽃
비 오는 거리 물결이 춤춘다

춥고 발 시린 추억
모두 한마음 되는 행복
멋진 연출이 어우러진 하루
두고두고 기억 저편에 머물 것이다.

수리산

푸르름이 가득한 맑은 햇빛
철쭉의 싱그럽고 아름다운 빛
붉은 꽃의 정열이 숨 쉰다

가까우면서도 먼 산 같은 느낌
수리부엉이 날갯짓인가
떡갈나무의 비상인가

관모봉 오름의 깔딱고개는 일품
숨 쉬는 하얀 차돌 같은 마음
형형색색의 철쭉동산에 머무는 인파
수많은 사연이 소용돌이친다.

초가집 처마 끝에 달리는 소리
또록또록 떨어지는 낙숫물
세모 네모 되어 길 위에 구르니
탁배기 한 잔에 부침개 한쪽이 그립다

4부

마스크 시대

원하지 않고 뜻하지 않은
바이러스 침투
긴 시간 동안 잠재우지 못했다

향기도 냄새도 보이지도 않는 것이
스토커처럼 뒷조사하는 것일까
세상을 흔들며 따라다닌다

얼마를 기다려야 떨어져 나가나
독감처럼 영원히 달고 살며
버릴 수 없다면 가지고 놀자

시대를 초월하는 신세계 바이러스
공중을 회전하며 떠도는 비말
21세기 공간이 위태롭다

도약하는 세월을 멈추는 잠재력
서로를 밀고 당기며
거리 두기 생활에 갇혀 버렸다

아름다운 삶의 시대
활기찬 미래를 꿈꾸는 날
빨리 왔으면 좋겠다.

 제목 : 마스크 시대
시낭송 : 박영애
스마트폰으로 QR 코드를 ㅅ
시낭송을 감상할 수 있습니

높은음자리

그는 까만 콩나물을 좋아해
진도에서 살다 서울로 상경했다

날마다 까만 콩나물이 없으면
못살 것 같아 옆구리에 끼고 친구한다

오선지에 그리는 음표 따라
바장조에 행복을 그리고
도돌이표에 돌고 돌아
샾에 눈물 흘리며 서럽고 힘든 시간과
투쟁을 벌인다

삼라만상이 좋다고 떠들어도
높은 곳을 향하여 발버둥치며
꼭대기까지 오르기를 희망한다

그는 까만 콩나물과 함께
삶의 그림을 그리며
우주로 향하는 길목에 서성거리며
낮이나 밤이나 까만 콩나물에 묻혀
도 레 미 파 솔 라 시도
노래를 부른다.

물왕저수지

새순 돋는 봄
푹푹 찌는 무더운 여름
아름다운 시절 다 보내고
가을이 보고 싶어 거리로 나섰다

네온사인 반짝이는 불빛들의 잔치
오색 무지개 단풍잎 노래
길 카페 진한 커피 향에 취한
연인들의 속삭임이다

세상 살아가는 이야기일까
하하 호호 웃음소리
물 건너 저편에 살포시 내려놓고
군밤 장수 아저씨 신이 난다

맛 나는 군밤 한 입 입안에 돌돌 구르니
붉은 노을 서산 넘어가는 이야기 소리다.

태풍

시속 30킬로의 강속구
강한 바람에 홀린 채 날아다닌다

끝까지 따라가고 싶은 사랑
너와 난 평행선 줄다리기
네가 가면 나도 가고
내가 오면 너도 온다

고무줄 같은 질긴 인연의 고리
해마다 여름이면 너와 난 하나
우리가 지나간 자리
차마 눈 뜨고 볼 수가 없다

폐허가 돼 버린 산과 들
너와 나의 방황이 세상 흔들며
끝내지 못한 사랑의 넋두리다

허망한 사랑도 병인가
열심히 보수해 완성하면
언제 그랬냐 싶어
이 또한 지나간 추억이 되다.

진달래

봄의 시샘에도 굴하지 않아
좋은 볕이 그리운 산하
네가 있어 당당하다

분홍의 작은 어울림 향기
누름적 한 쌈에 입안 가득
침이 고인 싱싱한 맛이다

인생의 향기 가득한 새싹
겨울 이겨낸 네 모습
언제나 향기로운 네가 제일이다.

대한민국

빨간 옷이 울고 눈물이 나고
우린 붉은 악마가 되어야 한다

슛, 골인하면 절정에 달아오른 열기
역시 정열의 색이다

장하도다, 독일 정문을 2대 0으로 이겼다

월드컵 시즌이 준 최고의 선물
오늘을 잊지 못할 열정의 한판 대결
대한민국 장하다

월드컵 파이팅
2018년 6월 28일 새벽 1시
잊지 말자고 마음에 새겨 본다.

바보상자

아는 것이 힘
이렇게 힘 주어 외쳐 본다

잘나고 가방끈 긴 사람
교수 박사 월등한 인재다

티브이를 보면서 느끼는 마음
배우지 못한 추억을 후회하며
원통해 하지 않는다

어린 시절 청년기 노년기
똘똘하게 챙기지 못한 시간을 잡고
지금이라도 남겨진 시간을 꼭꼭 잡아 보련다.

인생길

다람쥐도 아닌데 매일매일
쳇바퀴만 돌리며 살다 보니
너와 나 함께 좋은 시절 그리며
이야기 떨던 시간이 그립다

구름에 달 가듯 바람에 이끌려
돌아오지 못할 강을 건너며 허공을 찾는다

가을이란 글자에 늙어가는 마음
내일도 보장 못 하는 것이 인생이란다.

두물머리

두 연인의 발걸음이 멈추고
북한강과 남한강이 양수리에 뜬다

호수 한복판에 우뚝 선 느티나무
근엄함이 발목을 잡는다

물과 물 사이 늘어지는 오작교
먹거리와 풍물이 입맛을 돋우는 시간
연인들의 발걸음이 가볍다.

라떼는 말이야

새벽녘 잠이 깬 시간
아이 키우는 재미에 빠진다

커피 향을 맡으며 지난 추억 속에
철없던 시절로 뛰어들어 본다

향기가 있고 풍경이 좋은 야경
통행금지 걸릴까 노심초사했던
추억이 시간을 잰다

손주 손녀 꼬물꼬물 앙증스럽고 귀여운 아가
좋은 것만 먹이고 싶은 욕심이다

사랑의 향이 가득한 오솔길 거닐며
그윽한 향기에 취해 본다.

만약에

정해진 운명을 거슬러 올라가진 않았지만
미래가 보장되지 않는 삶이라면 어찌할까

긴병에 효자 없다는 말
되돌릴 수 없는 운명이라면
한 치 앞도 모르는 게 인생이다

욕망에 허우적거리는 순간
아프지 않고 살아가는 삶을
까맣게 잊어버리고
오늘도 내일도 아옹다옹 악을 쓰며
잘난 척 못난 척
눈 가리고 찌푸린 모습이 애처롭다

인생은 새옹지마라
어이없이 살아가는 삶이라도
모두에게 소중한 것
어찌 눈시울 아니 적시랴
웃으며 살다 가련다.

삶의 갈림길에서

무엇이 그리 급했을까
살아온 지난 시간을 뒤로하고
급하게 말도 못 하고 가버리다니
드러난 치부가 그렇게 힘이 들까
메꿀 수 없다면 바꾸면 되는 것을
개똥밭에 굴러도 이승이 좋다는데

한 장의 종이에 불과한데
여기저기 아우성이 끊이질 않네
떠나면 대수인가 뒤처리만 무성하지
한 조각 구름보다도 못한 인생
한 오백 년 살다 가는 것도 아닌데
백 년도 못 사는 게 인생이거늘

당신 가신 자리에 욕정만 남아도네
부디 좋은 곳에 영면하소서.

바이러스

엊그제인 것 같은데
코로나19가 극성을 부린지
1년이 넘었다

세상을 흔들며 우리 곁에 머물러
떠날 줄 모르는 훼방꾼
비말이란 이름으로 여기저기
입을 틀어막으며 살라 한다

아름다운 세상에 거리 두기란
표어로 만날 수도 없게 가두어 버린다

마음잡을 수 없이 세월은 흘러
누구의 잘못으로 평가하기는 큰 재앙
백신을 투여해도 믿을 수가 없어
지구의 넓은 아량이 가만두지 않는다

아무도 잡아 주지 못하는 코로나19
언제 가려나 기다리는 세월이 무성하다.

어떻게를 믿지 마라

앞뒤 잴 수 없이 캄캄한 마음
분노가 치밀어 잠을 잘 수가 없다

믿는다는 것, 믿고 싶은 마음
고스란히 도둑맞은 느낌
아무 죄 없이 당하는 무기력
밀려오는 허무함에 빠진다

나는 아니겠지 믿지 말고
너는 아니겠지 자만하지 마라
한순간에 엎질러진 물과 같다

방심의 그물에 걸려들어
모든 것이 무너져 내리는 순간
어떻게를 믿지 말아야 할 것이다.

3월

봄을 알리는 삼월
신비의 속에서 헤어나야 할 시간
우린 뼈아픈 시련의 늪에서
허우적대고 있었다

일제의 가혹한 침묵을 헤치며
억압의 세월이 힘겨운 나날
자유를 찾아다녔다

선조들이 일구어 낸 독립의 세상
일제의 만행을 참지 못하고
거리로 뛰어나와 만세를 불렀다.

댄스

월 화 수 목 금 토 일
스크린 속으로 빠르게 스민다

너와 내가 있어 예술 같은 날
의미가 없이 사는 삶보다
하루하루 주어진 삶의 테두리 속에
마음 가득 채워지는 행복의 그림을 그린다

짧은 생을 살아가는 동안
웃으며 사는 날이 얼마나 되나
네가 있어 사는 맛이 난다

알아주는 이 없어도 텅 빈 마음 혼자 달래며
훨훨 날갯짓하는 비상을 꿈꾼다

수없이 많은 시간의 갈림길에서
하나둘 셋 넷 리듬을 맞추고
빙빙 돌아가는 세상을 보며
허공을 맴도는 허상이 될지라도
너와 나 추억을 그림자 삼아 스텝을 밟는다.

맷돌

아름드리만 한 돌덩이
두 개를 포개 놓았다

어린 시절 어머니와 마주 앉아
동그랗고 조그만 구멍 속
퉁퉁 불린 콩을 한 움큼 집어넣고
좌우로 쓱쓱 돌리면
콩이 부서져 하얀 눈물 흘린다

겨울이면 두부에 도토리묵까지
야참의 비밀무기
동네 마실 거리가 된 우리 집
밤낮으로 노름에 눈먼 사람들 시중
어머니는 쉴 날이 없었다

덕분에 맛난 과자 사탕 아이스크림
원 없이 먹던 시절
성냄도 아니하신 어머니
살만하니 돌아가신 지금
세월 지나 어머니가 그리워
무성한 세월 탓만 한다

나이 들어 할머니 되니

지난 추억 떠올려

애잔한 어머니 모습 그려 본다.

황금 소나무

사철 푸른 옷을 입고 사는 나무
시대의 변천인가 색이 변해
황금만능 주위의 기세에 이끌려
산에도 들에도 황금 옷이 날개를 단다

노란색 기운이 내리쬐는 산골
꼿꼿함을 자랑하며 황금색 옷을 입었다

어지러운 세상 돈벼락이나
떨어지면 좋겠지 하며
공짜를 바라는 사람의 뇌는
무슨 색일까
난 어떤 존재인가
마음의 문턱에서 헤아려 본다.

여백

가슴을 여미는 소리
음악이 흐르는 소리
마음에 혼을 빼는 소리
노래에 세월과 인생을 담는다

한 자락 삶의 끝에 매달려
마음에 스며드는 그리움
힘겨운 생의 허물 속에 머물다 간다.

인생 꽃

살아가는 의미를 준다면
꽃으로 피고 싶다

인생의 절반이 지난 지금
평범한 삶이라면
앞날의 인생도 꽃을 피우며 살고 싶다

화려한 무대 연출하는 장식처럼
채워야 하는 곳이라면 어디든
꽃으로 채우고 싶다

피고 지고 울며 웃으며 부대끼는
나그네 가는 길목에 서성이면서도
꽃길로 마지막까지 살고 싶다.

제목 : 인생 꽃
시낭송 : 박영애
스마트폰으로 QR 코드를 ㅅ
시낭송을 감상할 수 있습니

상상 속 시 낭송

마음과 마음이 열려
두 손 모아 시를 읊는다

작가와 낭송의 오르가슴
느껴 보아야 맛을 안다

풋풋함이 가득한 청춘
나이는 숫자에 지나지 않고
상상의 나래에 몸을 맡긴다

남녀노소 시를 좋아하는 사람
모두 시 낭송에 빠져 보자

하루하루 재미가 솔솔
바람 부는 언덕이 춤을 추고
흘러가는 구름도 생긋거리고
날아가는 새들도 지지배배 노래한다

나이 든다는 것
늙어 가는 세월을 한탄 마라
지금
이 시간이 인생을 즐기는 삶이다.

전율

무의식에 한 줄기 빛의 기온
보이지 않는 무한대 굴속
온몸에 퍼지는 짜릿함의 순간
의지력 없는 힘이 빠지며
좌르르좌르르 몸이 녹는다

작은창자 큰창자 심장
모두 떨어져 나가는 느낌
한동안 저 하늘 별이 된다

핏기 하나 없이 살덩이 튀기듯
용광로 속에 빠진 납덩이
사는 게 뭔지 아프지 않으면
이 세상 못 살려나 깊은 한숨 쉬어 본다.

커피 향을 맡으며 지난 추억 속에
철없던 시절로 뛰어들어 본다

향기가 있고 풍경이 좋은 야경
통행금지 걸릴까 노심초사했던
추억이 시간을 잰다

5부

고사리

두 주먹 불끈 쥐고 태어난 아가
이른 봄 산에 갔더니
산에도 고사리가 두 주먹 쥐고 있네요

아장아장 걸으며 쥠쥠 놀이하더니
키가 쑤욱 컸네요

더운 여름날 산에 또 갔더니
두 주먹 꼭 쥐었던 아기 고사리
어느새 자라 장군이 되었네요

우리 아가 고사리손도 무럭무럭 자라서
씩씩한 장군이 되어라.

봄의 왈츠

노랑 분홍 빨강 초록 무지개
아름다운 선율의 노랑 병아리
아기 옷에 병아리가 떴다

아침저녁 재잘거리는 종달새도
봄의 왈츠를 부르며
사월을 노래한다

우리 아가도 삐악삐악 음매 음매
따라다니며 노래 부른다

봄의 왈츠가 제일 신이 나는 계절이다.

봄

산과 들에 노란 옷 빨간 옷 파란 옷
알록달록 무지개가 피네요

방실방실 우리 아가 옷도
노랑 병아리 빨간 딸기
무지개 옷들이 춤을 추네요.

꽃

방실방실 웃는 아가
배부르면 혼자 잘 노는 아가
이방 저방 사방팔방 돌고 돈다
웃음꽃 눈물 꽃 모두 이쁘네
꽃 중의 꽃
우리 아가 꽃.

백일홍

새싹이 쑤욱 자라
백일 동안 예쁜
꽃을 피우는 아가 꽃

우리 아가도
백일동안 쑤욱 자라
빵끗빵끗 웃음꽃 피우는 아가 꽃

이름은 다르지만
뜻이 같아 사랑스러운
아가 꽃 백일홍.

왕자님

22개월 된 우리 왕자님
꽃보다 예쁜 동생이 생겼어요

큰방 작은방 거실 베란다
구석구석 들리는 음악 소리

핑크퐁 아기상어 올리
아기 울음 그치게 하는 비밀의 약

왕자님 온종일 아기 동생 앞에서
어깨 들썩 엉덩이 씰룩대며 신나게 놀지요

공주 동생 울음 터지면
어느새 흉내 내며
같이 울지요.

물놀이

찰랑찰랑 시원한 물이
아가는 좋은가 보다

울다가도 물만 보면
배시시 웃음꽃이 피거든요

신나게 뛰어놀다 물속에 폴짝
쏴쏴 이리저리 뱅글뱅글

신나게 노는 아가 보면
할머니 이마에 땀방울 송골송골.

잠자는 공주

멋진 꿈이라도 꾸는 걸까
히죽히죽 웃음기 머금은 입술이 떨린다
옹알옹알 낮에 놀던 추억이 그려지나 보다
이리 뒹굴 저리 뒹굴 온몸으로 말한다
눈에 넣어도 안 아프다
꼬맹이 둘이 할미를 못살게 굴려도 좋다

귀여운 아가들
아무리 힘들어도 손주의 재롱은
할미 눈가에 미소가 머문다

기특하게 잠잘 때만큼은 천지를
업어가도 모를 지경
아이들은 커다란 꿈을 꾸며
한 발 한 발 크는가 보다.

버섯

빨간 모자 노란 모자
너무 예쁜 모자네요

가을이면 알록달록 찾아오는
단풍의 노랫소리 들립니다

노랫소리 모자 속으로 흘러
엄마 요리 솜씨 군침이 돕니다

온 가족 걸터앉아
검은 모자 하얀 모자
보글거리며 입속으로 굴러가요

가을은 예쁜 모자들의 생일인가 봐요.

첫돌

시간과 세월의 흐름이 같은 것일까
태어나면 어느새 맞이하는 첫돌
한 상 가득 차려 놓고
추억을 그리워하는 사진을 찍고
장래 희망의 첫돌 채비 시간이 즐겁다

돈이며 장난감 노트 연필 올려놓고
기다려 보았다
아이의 얼굴이 미소를 지으며
잡은 것이 마이크다
혹시나 해서 다시 한번 더
그래도 마이크를 잡았다

온 집안이 웃음바다
가수가 되려나, 음악가 되려나
손녀딸은 마이크만 보면 좋아
음악 틀어주면 엉덩이가 들썩인다.

개구리참외

초록 줄무늬 입고
이리저리 뒹굴다
초록 물고기처럼
기다란 초록 참외가 되었네

어흥 한입 깨물면 개구리같이 폴짝
뛸 것 같은 맛
맛난 개구리참외 한번 먹어 볼까.

귀여운 아가들
아무리 힘들어도 손주의 재롱은
할미 눈가에 미소가 머문다

물들어가는
인생 꽃

박미향 제2시집

2023년 8월 24일 초판 1쇄
2023년 8월 28일 발행
지 은 이 : 박미향
펴 낸 이 : 김락호
디자인 편집 : 이은희
기 획 : 시사랑음악사랑
연 락 처 : 1899-1341
홈페이지 주소 : www.poemmusic.net
E-Mail : poemarts@hanmail.net

정가 : 10,000원
ISBN : 979-11-6284-468-7